AF340188

FAMEUSE HARANGUE,
FAITE
EN L'ASSEMBLE'E GENERALE
DE
MESSIEURS MESSEIGNEURS
LES SAVETIERS,

Sur le Mont de la Savato, le Lundi d'aprés la Saint Martin, par Monsieur Maître Jérôme Piéfrelin dit Cul de Bré, Ancien Carleur, Ministre & grand Orateur de l'Ordre: pour servir de replique & de défence à l'Etat, contre un Libel prétendu difamatoire sur l'honnéte Réception d'un Maître Savetier, Carleur, Réparateur de la Chausseure humaine, & sur tout ce qui s'est fait & passé dans ladite Réception, entre l'Aspirant, les Gardes, & l'Ancien desdits Maîtres.

MESSIEURS MESSEIGNEURS,

JE regarde aujourd'huy notre Etat, dans l'abatement ou je vois tous les Maîtres, comme un Soleil couvert de broüillards & de nuages, qui cause le déplaisir & le chagrin de toute la nature: Mais je prétens par la force & vivacité de mon raisonnement, faire revivre l'éclat & la beauté de cét Astre voilé, en dissipant toutes les obscuritez & les tenebres dont on a voulu ternir la gloire d'un Gouvernement aussi judicieux, aussi integre, & aussi consistant qu'est le nostre.

Messieurs Messeigneurs, à le bien considerer, quel tort nous a t'on fait dans cét Ecrit que l'on a fait courir par les ruës, sur la Réception du dernier Maître, & dont vous êtes si fort allarmez, jusqu'à en prendre à parti l'Imprimeur, comme d'un Libel injurieux à notre Ordre ?

Avez vous fait réflexion comme moi sur cét Ecrit ; je n'y trouve rien d'outrageant, Mais au contraire tout y est avantageux au Corps.

Le Titre est : *Recit veritable & authentique de l'honnête Réception d'un Maître Savetier, Carleur, & Réparateur de la Chausseure humaine.*

Parcourons tous ces termes.

Recit veritable. Celà est donc constant.

Authentique. Celà est donc celebre & glorieux.

De l'honnête Réception Ce ne sont pas des coquins qui reçoivent ou qui sont reçus.

D'un Maître Ce n'est donc pas un Valet.

Savetier. A ce mot Messieurs, que le commun du Peuple croit être vil & honteux, une sçavante recherche en fera voir le contraire.

Savetier, diront quelqu'uns, vient de Sabot : Il faudroit dont dire Sabotier ; Laissons cela aux rebelles de Languedoc & de la Beausse : Le Sabot ne se racommode, mais se Soulier & la Savate. Ce mot ne vient pas non plus de Soulier, autrement il faudroit un Souletier D'où vient donc ce beau Titre qui fait notre distinction & notre caractere : Le voulez vous aprendre Messieurs ? Ah, ce mot vient du Hebreux & de Judée *Sabath*, en general signifie circuit, cessation & repos.

Savetier. Est un homme de paix, & de repos, un homme contant & inébranlable sur sa Selle, un homme muni de toutes parts contre les adversirez, un homme toûjours attaché à son travail, un homme qui regarde tout ce qui se passe dans les Etats & dans la Nature d'un œil de me-

pris & d'un cœur intrepide *Sabath* Sab-tier & Sabatté ;
c'est à dire un cuir delaissé pour un tems & en repos : &
par corruption de langue Savetier & Savatté ? Quelle
elevation & quelle excellence.

Carleur. Vient de careler en Latin *Suppingere* , qui
veut dire brunir, polir, peindre, graisser , orner & em-
bellir de vieux Souliers (comme s'ils étoient neufs) &
faire selon l'ancien proverbe de Normandie. *D'un vieux*
Bâtel une neuve Galere.

N'est il pas permis dans tous les Arts de polir, lustrer
& enjoliver la Marchandise pour la mettre en vente.

Réparateur. Qu'est que ce mot peut avoir de cho-
quant : les Conservateurs des Etats , des Royaumes &
des Empires , de la Paix , des Loix & de la Discipline
n'ont-ils pas ambitioné ce Titre fameux dans les Mausolées & dans leurs Trophées. *Imperij , Patria , Legum ,*
Pacis & Disciplina Restauratorij.

Réparer est presqu'autant que créer : Hé ! que Messieurs
les Cordonniers ne fassent pas icy de comparaison avec
Nous, & qu'ils ne presument pas tirer avantage de ce que
ce sont eux qui font des Souliers, & que ce sont nous autres qui les racommodent, nous faisons, Messieurs, mille
fois plus qu'eux. Ces sortes de gens font des Souliers ,
mais ils coupent en plain drap , ils ont du Cuir à choi-
sir rien ne les empêche de bien faire, il ne faut pas grand
esprit quand la matiere est toute preste pour mettre en
œuvre : Mais pour nous, Messieurs, Ha ! quand on met
entre les mains d'un Maître un viel Soulier, tout crotté ,
tout tourné, tout usé, à moitié crevé , sans rivet & sans
empeigne : je voudrois bien voir un de ces Seigneurs Cordonniers , qui sont tant les suffisans , par quel bout ils s'y
prendroient. Hé ! ne sont ils pas tous les jours trop heureux de venir à nostre Ecole avant que de faire leurs Chefs
d'Œuvre & leurs Aprentissages : Un Maître habille en

deux coups de tranchet , vous enleve toute la bouë (merde
y fût-elle) il vous le tourne , il le redreſſe & ramene ſi
bien ſur la forme qu'il ne paroît plus rien de ſon ancienne
diformité , ce qui luy redonne auſſi-tôt ſon premier luſtre
& ſa droiture legitime ; N'eſt-ce pas là comme recréer &
redonner l'être à une choſe qui n'avoit preſque plus de re-
ſiſtance ni de priſe.

De la Chauſſeure humaine. Quelle prééminence pour
nous ſur les Maréchaux , ils ſont Réparateurs , il eſt vray ,
mais ce n'eſt que de chauſſeure des Aſnes , des Mulets ,
des Chevaux & des Cavalles , encore bien ſouvent re-
çoivent-ils pour payement de leur ſalaire un bon coup
de pied au milieu des jambes ou du ventre.

A quoy regarde-on plus un homme ; à deux choſes , à
la tête & aux pieds. Quand on voit un Chapeau bien re-
teint , ont dit , Chapeau n'eſt pas neuf , mais il eſt bien
repaſſé : quand on voit auſſi un Soulier refait par la main
d'un Maître , on dit , ce Maître Carleur remonte fort bien
les Souliers , on diroit de loin qu'ils ſeroient tous neufs ;
Ce qui fait voir que nous allons du pair avec Meſſieurs les
Chapeliers , ils tiennent le haut & nous le bas : Mais qui
eſt-ce qui ſoûtient le haut ? C'eſt Nous , qui ſervent comme de fondement & de baze à Meſſieurs les Chapeliers ,
les Chauſſetiers , les Tailleurs , les Merciers : les Lingeres
& au reſte des perſonnes qui ſont occupées autour du
Corps humain , pour le reveſtir , l'embelir , l'orner , le
munir , & le défendre des injures du tems & des mala-
dies ; j'avanceray en paſſant de tous ces bons offices que
l'on rend à l'homme , il n'y en a point de plus conſiderable & de plus neceſſaire que le nôtre , pour la conſerva-
tion des pieds : car qui a le pied moüillé par le défaut
d'un Soulier mal racommodé , il eſt ſuſceptible de toutes
ſortes de maux , particulierement les goutteux , ceux qui
ont des corps aux pieds , & ceux qui ſont affligez de thus

matismes, ou de siatiques, & qu'enfin sans nous tout le
monde est incapable de rien entreprendre de laborieux &
de penible, ou d'utile à la Republique. Venons mainte-
nant à notre Aspirant, nos Gardes, & à Monseigneur,
Monsieur notre Ancien dans la Réception du Maître.

Les Civilitez, les suplications & les solicitations d'un
Aspirant, ne sont elles pas necessaires & absoluës.

Est il des termes plus ouvetrs & plus doux, en conser-
vant sa gravité venerable ; il louë son ardeur & son zele
au lieu de rejetter sa demande. Il exige de l'Aspirant com-
bien il a d'aprentissage en peut-on disputer selon les Sta-
tus, en un Art aussi difficile & industrieux qu'est le nôtre,
si l'on observoit les Loix à la rigueur, notre travail de-
viendroit bien-tôt aussi honteux & servile que les autres.

On demande un Chef-d'œuvre. Hé ! peut-on racom-
moder comme il faut un Soulier, sans faire une espece de
merveille & de prodigi ?

L'Aspirant en veut être exempt. Il employe le credit,
la faveur & l'argent, l'on doit avoir des égards pour de
certaines personnes qu'on n'a pas pour d'autres : particulierement quand ce sont des Protecteurs & Conservateurs de
l'Etat.

Quant à l'argent. Notre épargne & nos finances sont
presque entierement épuisées, depuis tous les Procez
qu'il nous a fallu essuyer contre plusieurs Corps de Métiers pour le pas & la préseance.

Pour le Serment de fidelité : Rien de plus juste : N'a-
vons-nous pas une Juridiction parmy Nous incontestable
& authentique.

*L'Aspirant leve la main & jure qu'il gardera les
Reglemens de l'Etat.* Un mot à dire.

1. Pour le Serment suposé par l'Auteur du Libel, de
s'enyvrer jusqu'à dégueuler dans les Compagnies, cela est
bon pour des gens de neant, & non pas pour d'honnêtes

Bourgeois comme Nous, qui nous comportons toûjours avec discretion dans les caves & dans les assemblées publiques, conformement à nos Ordonnances & Statuts.

2. *De faire parler de nous par la Ville.* Il est bon que l'Etat humilié & avilli de toutes parts, se fasse connoître ; c'est pourquoi l'on impose la necessité à chaque Maître de faire parler de lui de tems à autre, pour reveiller l'éclat & l'honneur de l'Ordre.

3. *De reprimer le Maître trouvé en faute, & de l'apeler un Masson.* Cela fait tenir le monde en son devoir.

4. *D'enseigner fidellement la demeure la plus cachée des gens inconnus.* Cela est utile aux particuliers & à l'Etat : car par notre ministere on peut aisement découvrir les fripons & friponnes qui se voudroient dérober de la Justice.

5. *De ne travailler le Lundi.* Celui-cy Messieurs est un des plus grands points, qu'il faut que je traite plus au long.

Nous ne sommes pas comme un tas de canailles & gens de la lie du peuple, qui employent les Dimanches & les jours de fêtes à s'aller promener & divertir aux Assemblées & aux Foires dans les Cabarets & Bourgades de la Campagne, pour Nous nous sommes occupez saintement dés les deux heures du matin, pour avertir au son des cloches, & des chants spirituels & harmonieux, les Maîtres & les Freres de nos Confrairies, ensuite tout le jour à servir dans les Eglises, tantôt en qualité de Coustre, de Sonneurs de cloches, de donneurs de pain benit, & de loueurs de chaises : Nous prenons sur notre propre travail, le Lundi premier jour de la semaine, comme gens désinteressez & hors du commun, pour nous divertir modestement entre nous, & conferer ensemble, comme nous avons l'honneur de faire aujourd'huy, des affaires importantes à l'Etat de notre République.

6. *D'avoir trois Linots & un Geay à siffler.* Que de trompeurs dans ce métier, & qu'il est bien necessaire qu'il y ait de nos Maîtres qui se veuillent donner la peine d'instruire avec fidelité ces petits oyseaux pour le divertissement des personnes de qualité & des malades.

Tant qu'un Maître siffle la Linote, Il ne médit point de personne, il se tient assidu à son ouvrage, il n'a pas besoin de chercher ailleurs dequoi le recréer, deux tours de tête avec deux coups de sifflet, reveille aussi-tôt son esprit, qui par la trop grande application à son travail, pourroit s'abatre & s'apesantir.

7. Quant à l'information des témoins, il y en peut avoir de deux sortes, l'une bonne & l'autre mauvaise : l'une pour avertir & obliger, & l'autre pour nuire & causer de la division & du désordre dans les Familles.

Nous declarons du consentement & par l'ordre de Messieurs, Messeigneurs les anciens Gardes & Maîtres, que conformement aux Statuts, au Chapitre de *Inquisitione morum*, au Titre de *Quoniam*, Paraphe de *Stuois*. Nous rejettons, condamnons & abjurons toutes celles qui se peuvent faire à mauvaise intention & par malice, comme indigne & injurieuse à l'honneur & à la gloire de l'Etat : Et au contraire, Nous aprouvons, recevons & embrassons toutes celles qui se font pour instruire les Maîtres & les Maîtresses des desordres qui se passent en leur absence dans leurs maisons, comme les collations, les friandises, les cajoleries, les enlevemens de viandes & de boissons, les subornemens des Filles & des enfans par les Nourices, les Filles de Chambres, les Serviteurs & Servantes : & voulons qu'incessammentil y soit preveu par nos Gardes, Commis, Quêteurs, Contrôleurs & Commissaires à ce députez : soit de parole verbale, de signe ou d'avis secrets, comme choses provisoires & importantes au bien des familles.

8. D'aller tous les Dimanches & Fêtes sur la Place
parler des affaires de la Guerre & autres affaires du
tems. Il semble, Messieurs, que nous soyons des O en
chiffre dans la Republique, & que nous ne fassions nom-
bre qu'avec les autres. Qu'est-ce pourtant je vous prie,
qui prend plus d'interêt dans les Provinces, dans les
Royaumes & les Empires ? Se passe t il quelque chose de
desavantageux à une Flotte & dans une Bataille, tous les
Maîtres du Corps sont aussi-tôt dans la consternation, on
les voit passer vîtes dans les ruës le manteau sur le nez,
s'ils en ont, ou les mains dans leurs poches, le chapeau
enfoncé au dessous du front, les yeux abaissez & la langue
muette, mais vient-il quelque chose de bon & de glorieux,
ah ! vous voyez incontinent courir Messieurs, Messeigneurs les Maîtres aux Chambres communes, & là conter
& étaller tout à l'aise leurs nouvelles, en se donnant car-
riere du ventre, & liberté de tout faire & tout dire : c'est
nous qui sommes les premiers aux feux de joye : c'est nous
qui nous empressons pour sonner les cloches ; c'est nous
qui allons avec chaleur allumer les falots & lanternes, qui
obligeons les Bourgeois, bon gré, malgré, à donner du
bois & fermer les Boutiques, c'est nous qui traînons les
canons, qui dressons les feux d'artifices, qui presidons le
plus hautement à toutes ces ceremonies publiques. Enfin,
c'est nous qui au peril de mille coups de poing, allons ra-
massar avec soin dans nos cruches & nos chapeaux le vin
qui découle des fontaines & des grottes, & qui en four-
nissons les feuillages & la matiere : En un mot, c'est de
nous de qui dépend principalement la tristesse ou la joye
des peuples.

Quand il est Guerre à qui nos gros Bourgeois ont-ils
recours, qu'à un Maître Savetier pour monter leur garde ?
Quand il est Paix, à qui donne t'on la charge pour aller
querir un Chirugien, un Medecin, un Apoticaire, une
Nourrice

Nourice ou une Sage femme qu'à un Maître Savetier : En un mot, nous sommes tout à tous, & tout le monde a befoin de nous. Il n'est donc plus question que de la Reception du Maître entrant, & de quel Ordre il vouloit être.

C'est de tout tems immemorial que nous ayons trois branches : La premiere est de Nosseigneurs les Verlus, la feconde Messieurs les Berlandiers, & la troisiême des Sieurs Maîtres Porte-Aumuches.

Dans tous les Etats ces fortes de distinctions se font faites. Chàque branche a fes qualitez, fes titres, fes excellences & prerogatives particulieres.

Messieurs les Verlus, ou gens ayant pignon fur ruë, domiciliez & à leur aife, tenans maifon & boutique, portent pour Armes de Gueule deux Tranchets d'argent en forme de chevron brifé, marquez au Croiffant, à la face d'azur, chargez de deux bottes de foye de Pourceau d'or, & pour cafque une pierre ou gros creufet, dans lequel on met tremper les favates, & une mote ou maffe de bray, d'où naiffent plufieurs fils ou ligneuls armez de leurs foyes, pour fuport des tenailles, & pour manteau à fons de fable une peau de mouton goudrannée revêtuë en dedans de fa laine, pour rechauffer l'eftomach des anciens Maîtres, armé de deux courroyes de cuir, & au bout une pirouette de cuivre, qui fait le colier de l'Ordre.

Messieurs les Berlandiers portent de fable à trois Berlands d'argent, chargez de vieilles favates de fable, & pour cafque un abatvent garni de fes pentures & verroux, & pour fuport deux formes.

Les Sieurs Porte-Aumuches portent d'argent à deux vieils Souliers, & une Pantouffle de fable, les tallons de gueule à la face d'azur, chargez de trois poches pleines de favates d'argent, pour cafque deux formes en équerre, & pour fuport deux os à la moëlle qui fervent à polir la marchandife, leur manteau eft une pouche redoublée en forme de capuchon qui embrasse tout le corps de l'Ecusson.

Quant au ton different du cry & de la voix, qui ne sçait que c'est l'ordre & l'usage de nôtre Capitale, & que cette ville *ad instar* de cette celebre Université doivent suivre exactement cette regle & distinction dans les cadances & dans les differens tons de la voix, en criant à ces vieux Souliers, à ces vieux Chapeaux, & que chacun doit tenir sa partie dans cette musique publique, pour le moins aussi harmonieuse, & aussi juste que dans les plus fameux concerts & Opera du Royaume.

Les marques nobles de l'Etat que nos anciens Peres Latins apelloient *Caracteres insignia* ne sont pas moins à considerer les Chevaliers, les Ordres & les Etats observent cela ; ainsi qu'on ne se raille pas de la Pirouette de cuivre, de corne ou du bout de cuit au devant du devanteau de Messieurs, Messeigneurs les Maîtres, cela est de tout rems, cela nous plaît, nous n'avons rien à rendre compte à personne. *Sic voluere Patras.*

Le Salut est commun à tous, mais il ne se rend pas également à tout. Cette façon de parler, *Bonjour Maître*, est aussi vieille que le mor de Savetier, & se retire des Hebreux, *Ave Rabbi*, Permettez-moi de vous dire que nous faisons icy abstraction de tout ce qui regarde l'Ecriture Sainte, par laquelle on doit conserver toûjours le respect qui luy est dû. Ces deux mots en general selon cette langue, voulant autant dire selon les Rabbins, que bon jour Monsieur, qui êtes plusieurs & sçavans en toutes sortes de Sciences : car ce mot est derivé de Rabin qui signifie *multum*, c'est à dire, beaucoup.

Ainsi quand on dit à un de Messieurs Messeigneurs les Verlus, *Bonjour Maître*, cela veut faire entendre que par ce bon jour qu'on presente à ce Seigneur, on reconnoît que lui seul vaut autant que mille, qu'il est capable de remplir toutes sortes d'emplois & de fonctions.

Messeigneurs les Savetiers.

Bon jour à Messieurs les Berlandiers, est un peu plus familier, & joint tout d'un coup les premices avec la consequence, parce qu'ils se rencontrent plus souvent aux coins des carefours & des rües.

Et bon jour aux Maîtres Porte-Aumuches, se dit en passant comme gens pressez, parce que ces Seigneurs n'ont pas le loisir d'entendre de longs discours par leurs despêches pressantes & la multitude de leurs affaires.

CONCUSION DV DISCOVR.

PAR toutes ces raisons convaincantes & peremptoires qui ne voit de nous qu'il ne falloit pas tant déclamer contre cet Ecrit, qui ne fait par son nuage épais que faire éclater d'avantage le triomphe & la gloire de nous victorieux de ces tenebres.

Mais Messieurs, Messeigneurs, je ne peux pas finir dans une assemblée aussi solemnelle & aussi juridique qu'est la nôtre, sans faire des plaintes à tous les Maîtres considerable de ce corps. J'ay ordre de Messieurs Messeigneurs les Gardes & Anciens sur la Remontrance faite par les Sieurs Maîtres Porte-Aumuches, de vous remontrer qu'il se passe de grands désordres & abus dans l'Etat, faute d'avoir soin d'obterver les Loix, & de tenir la rigueur pour faire executer les anciens Statuts, Reglemens & Ordonnances.

Autresfois chaque Maîtres, comme dans les métiers de Messieurs les Etaminiers, les Orfevres, les Drapiers & autres Ouvriers de consequence, ou la matiere, le travail & l'industrie sont à considerer, l'on étoit obligé de mettre son Estampe & sa marque sur chaque soulier qu'on avoit racommodé, pour faire une juste & nette distinction des Ouvrages l'un de l'autre, l'on prenoit soin de l'apliquer au bout de la semelle, au défaut du talon, comme en un lieu moins susceptible de la boüe, & moins sujet à être ulé & éfacé : tout est presentement en confusion, personne ne peut diſcerner à qui eſt l'Ouvrage & le Travail.

C'eſt ce qui me fait demander qu'inceſſamment & ſans délay, il ſoit enjoint à tous Meſſieurs les Maîtres de l'Art, de choiſir telles Armes, Eſtampes, Cachets ou Chiffres qu'ils ſouhaiteront, outre ceux de la Branche, qu'ils ſeront tenus de faire graver double avant l'an prochain, à peine de groſſe amende, & en aporter un au premier lundi de ladite année, pour mettre au coffre du métier, leſquelles Armes, Cachets, Eſtampes ou Chiffres ſeront enregiſtrez aux Archives de l'Etat, que leſdits Meſſieurs les Maîtres ſoient tenus pour éviter à la confuſion de les apliquer audit lieu cy-deſſus marqué, ſur tous les Ouvrages racomodez. Que la viſite de tems en tems en ſoit faite, & qu'il y ait une amende conſiderable pour tous ceux qui ſe trouveront avoir manqué à leur devoir & obéïſſance. J'ay dit, c'eſt à quoi je conclus.

Déliberation de Meſſieurs, Meſſeigneurs les Anciens & les Gardes. Avec les Remercimens & les Gratifications de tout le Corps.

Monſieur, Monſeigneur, Maître Jerôme Piéfrelin, Chevalier, Seigneur de Cul de Bré, l'Etat dés à preſent vous ennobli, vous éleve & conſtituë au premier rang de l'Ordre, vous recevrez pour marque le Colier, & vous porterez pour Armes d'argent à deux Godets, l'un chargé de gueule & l'autre de ſable, qui ſont les couleurs ordinaires, dont l'on peint les talons & les bords des ſemelles, ſçavoir le rouge & le noir, en face deux maniques de ſable à fond d'or, pour ſuport deux bois à chevilles, & pour caſque une cage dans laquelle il y aura un Linot.

Monſieur Monſeigneur, aſſeurement vous avez ſurpris tous ces Seigneurs Meſſieurs les Maîtres. Qui auroit pû croire par un ſeul diſcours conçû en ſi peu de mots, rehauſſer ſi noblement la dignité & l'excellence de l'Etat,

qui sembloit si vile & si abaissé: Allez Monsieur le Maître, la compagnie est fort satisfaite, & vous est extrême-
ment obligée. Pour reconnoissance l'assemblée a été d'a-
vis de vous ennoblir comme elle fait de ce jour, & vous
reconnoîtra toûjours pour tel, vos Enfans seront mariez
aux dépens de la République, comme nos Anciens Heros
& Conseillers de Rome, car il ne faut pas douter qu'il
n'y en eût de Savetiers comme de Laboureurs. On vous
dressera comme aux Orateurs de l'Etat, des Colonnes,
des Trophées, des Mausolées : On fera aux dépens du
Public vos Funerailles, & chaque Maître sera cotisé dans
votre maladie pour empêcher de vous envoyer à l'Hô-
pital. Vivez heureux & regnez toûjours parmi Nous
comme un Hero. des plus illustres de notre Ordre.

Faisant droit au reste sur vos demandes, aprés la meure
déliberation faites avec tous Messieurs Messeigneurs les
Maîtres.

NOUS Seigneurs & Maîtres Souverains en ce cas,
Juges competens & Plenipotentaires de la Police, Gouvernement & Regularité de notre Republique secrette.

VOULONS, enjoignons & commandons que châ-
cun de nous sans aucune exception, ni pouvoir, renouvelle
& garde fidellement les anciens Statuts & Reglemens de
l'Etat, & specialement qu'on marque de ses Armes, Cachets, Chiffres ou Estampes, tout Soulier qu'on rechaus-
sera, remontera, ou l'on fera quelque reparation considerable, sous peine de trois sols & un double pour les refu-
sans ou delinquans, avec confiscation de leurs marchan-
dises, & permis à Messieurs les Gardes d'en faire la visite,
& d'en être crus à leur simple Refert ou Serment.

ORDONNE' que pour maintenir & conserver
l'honneur & la gloire de l'Etat, chaque Maître tant Verlà
que Berlandier sera obligé d'avoir imprimé en sa Boutique
ou Etail la presente Harangue. Et enjoint à Messieurs les

Maîtres Porte-Aumuches de la tenir toute prête dans leurs poches pour la montrer aussi-tôt à tous ceux qui voudroient tenir la reputation inaccessible de notre Gouvernement secret & de notre Empire.

VOULONS & entendons que Messieurs les Gardes en Charge tiennent la main à l'execution des Presentes, & qu'ils en rendent un fidel & loyal compte aux premieres Assemblée des Lundis du mois, à peine d'en répondre en leur propre & privé nom, un solidairement pour le tout, & d'être démis honteusement de leur Commission. Soit signifié de parole verbale pour éviter le Formul & Contrôle à tous les Maîtres de l'Art, par le Doyen des Clercs servant à l'Etat, à ce qu'ils n'en ignorent, & ayent à executer les Presentes. Fait en l'Assemblée generale au Mont de la Savato.

Signé des douze Anciens, des Gardes & de tout le reste du Corps, avec Parafe, aposé le Sceau de l'Ordre en poix noire, deux Alênes & deux Tranchets en sautoir avec une savatte arborée par dessus.

F I N.

NOMS DES VILLES

où l'on bat Monnoye, au nom &
Armes du Roy de France, avec les
Lettres dont chacune d'icelle Mon-
noye est Marquée pour connoistre la
Ville où elle aura esté Fabriquee.

A signifie	Paris	O	Rien.
B	Roüen	P	Dijon.
C	Saint Lo	Q	Narbonne.
D	Lyon	R	Ville Neuve les.
E	Tours.		Avignon.
F	Angers	S	Troyes.
G	Poitiers	T	Nantes.
H	La Rochelle.	V	Amiens.
I	Limoges	X	Aix.
K	Bourdeaux.	Y	Bourges.
L	Bayonne.	Z	Grenoble.
	& Lisle.	VG	Marseille.
M	Toulouze.	'	Rennes.
N	Montpellier.	Plus un rapt.	Arras.

Autres Villes où l'on bat aussi Monnoye au Nom &
Armes de Sa Majesté.

Pau	Saint Palais.	Bezançon. Tournay,
Metz	Reims.	Strasbourg. chabery.

Les jours les plus heureux de l'Année, reuelez par l'ange au bon Ioseph.

Anvier en a deux, le cinq & douze,
Fevrier en a deux, le sept & vingt-deux
Mars en a trois le premier, douze & le trente,
Avril en a trois, le cinq, vingt-deux & vingt-quatre,
May en a deux, le quatre & le onziesme,
Iuin en a deux, le quatre & le huict,
Iuillet en a trois le deux, treize, & quatorze,
Aoust, a le douziesme iour,
Septembre en a trois, le premier, le sept & vingt trois
Octobre en a deux, le trois & le quinze.
Novembre en a deux, le huict & dix-neuf,
Decembre en a deux, le dix-huict & vingt. six.

S'ensuivent les jours dangereux.

Anvier en a cinq, le premier, deux, trois six & 25,
Fevrier en a trois, le six, dix-sept & dix huict,
Mars en a trois, le six, dix-sept & dix-huict,
Avril en a deux, le sept & le quinze
May en a deux, le sept & le quinze
Iuin, a le quinziesme iour,
Iuillet en a deux, le quinze, & le dix-huict,
Aoust en a deux, le dix-neuf & le trentiesme,
Septembre en a deux, le seize & le dix-huict,
Octobre, a le sixiesme,
Novembre en a deux, le quinze & le seize,
Decembre en a trois, le six, sept & neufiesme.

FIN.

BIBLIOTHEQUE DE L'ARSENAL

www.ingramcontent.com/pod-product-compliance
Lightning Source LLC
LaVergne TN
LVHW022253030726
842520LV00009B/2795